Fées

Maléfiques

Fées
Maléfiques

Écrit par
Dugald Steer

Illustrations de

Patricia Ludlow

Albin Michel Jeunesse

Tout au fond du jardin,
Derrière la porte en bois,
Le soir, quand la nuit vient,
D'étranges choses se produisent parfois.

Des fées à vous donner le frisson,
Des méchantes riant comme des démons
Adorent faire peur aux enfants
Dans les bois, au soleil couchant.

Du groseillier qui borde la clôture
Mieux vaut ne pas s'approcher :
Sur les racines des vertes ramures
Poussent les bébés des fées.

Ce sont des bébés cruels,
Autour de tes jambes ils tournoient,
Te tirent les cheveux, les oreilles,
Ils s'y mettent à cent à la fois.

Quand chat et chien deviennent bizarres
Et pourtant n'ont pas changé d'aspect,
Quand rien ne peut plus les calmer,
Les fées sont là, pas de hasard !
Si l'animal mord, miaule, aboie,
S'il ne veut plus te regarder,
Tu ne peux rien y faire, crois-moi :
C'est que les fées l'ont emporté.

Les fées aiment danser,
C'est bien connu,
Des rondes folles et impromptues
Qu'il faut soigneusement éviter.

Elles veillent, farouches, sur leur logis.
Et qui ose s'en approcher
Se met à sauter, bondir, danser,
Tout cela comme par magie.

Quel délice que le miel si sucré et si doux.
Mais si tu croises une ruche, déguerpis,
File vite, prends tes jambes à ton cou
Si tu veux rester en vie !

Car c'est peut-être une ruche de fées,
Habitée par des abeilles fées.
Et si elles se fâchent contre toi,
Couvert de piqûres tu seras.

Dans la forêt un chêne noueux
Lance ses racines, non par jeu,
Mais bien pour te faire trébucher...
C'est aussi une méchante fée !

Si tu tombes dans une touffe d'orties
Ou pire dans un roncier,
Qui sait si tu pourras te relever
De tout cet embrouillamini !

Une autre fée te poussera dans la boue,
Et dans quel état seront tes habits !
Même si tu frottes avec énergie
Tu n'en viendras jamais à bout.

Baies mûres et fruits pourris,
Des fées sont les projectiles.
Quand tu seras bien sali
Peut-être te laisseront-elles tranquille.

Si, toute de noir vêtue, une fée
Avec son chat et son balai
Te demandait : « En quelle année
Sommes-nous, s'il vous plaît ? »

Prudence ! Dans un horrible trou
À jamais elle t'entraînerait.
Tu avalerais tout crus des poux
Et plus jamais n'en sortirais !

Ne te penche pas sur l'eau d'une mare
Par une nuit de lune. Abracadabra !
Du fond de la vase une fée surgira
Pour te plonger dans un horrible cauchemar !

Elle s'approchera de toi en rampant,
Grinçant des dents et mâchonnant.
De ses grandes mains, elle te saisira
Dans son royaume, elle t'entraînera.

Une vieille Carabosse avec trois dents seulement
Peut te poursuivre comme une diablesse.
Prends tes jambes à ton cou ! Ne perds pas de temps !
Mais c'est elle qui gagnera de vitesse.

Tu es perdu ! Laisse tomber !
De chair fraîche, la fée est friande.
Tu finiras dans sa marmite enfumée
Avec du thym et de la coriandre.

Dans ce monde de folie,
Quelle imprudence de sortir !
Mais ces harpies ne peuvent pas souffrir
Que tu siffles ou que tu cries.
Elles ne supportent pas le bruit.
Alors si tu as peur, si tu te crois ensorcelé,
Chante à gorge déployée…
Tu verras bien, il ne t'arrivera rien.

Si tu es encore effrayé,
Creuse-toi la cervelle, tâche de penser.
Si tu te mets à rire et à chanter,
Sûr et certain, elles vont toutes décamper.
Comme deux et deux font quatre,
Voici la vérité :
Les plus épouvantables des fées
Ont plus peur de toi
Que tu n'as peur d'elles, crois-moi !

Pour l'édition originale publiée par The Templar Company Plc,
Pippbrook Mill, London Road, Surrey RH4 1 JE, England
et parue sous le titre SCARY FAIRIES
© 1997 Patricia Ludlow pour les illustrations
© 1997 Templar Company Plc pour le texte
Maquette de Mike Jolley
Hologrammes fabriqués par Light Fantastic Plc
Pour l'édition française :
© 1997 Albin Michel Jeunesse
22, rue Huyghens, 75014 Paris
Adaptation de Claude Lauriot-Prévost
Dépôt légal : octobre 1998
N° décition 11 491/2
ISBN 2 226 09046 0
Imprimé et relié en Hong Kong